큰글
한국문학선집

김현구 시선집

무상(無常)

일러두기

1. 원전에는 '한자[한글]'로 되어 있는 형태를 독자들의 이해를 돕기 위해 '한글(한자)'의 형식으로 모두 바꾸었다. 다만 제목의 경우, 한자를 삭제하고 한글로 표기하고 이를 각주를 달아 한자를 알아볼 수 있도록 하였다.

2. 원전에서 알아볼 수 없는 글자는 '●'으로 표시하였다.

3. 이해를 돕기 위하여 편집자 주를 달았다.

목 차

가을

은날개 맑은볕에
칼날같이 갈린계절(季節)!
아득히 먼하날에 외로운 구름 가면
아아 으지없는 나의넋은 눈물집니다

저녁햇빛 붉게들어 슬픈산 줄기 줄기
야워진 하날우에 가마귀때 나르고
마련없는 하누바람 대지(大地)를 부러가면
아아 나의꿈길은 무한(無限)에 닿습니다

갈매기

내 마음은 물 우에 뜬 갈매기 서런 갈매기
날마다 날마다 아득한 물결 새에 떴다 잠겼다
외롬이 잦어 푸른 그림자 흐른 물에 떨치고
하늘에 솟아 끝없는 한탄을 노래하노니

거룩한 봄과 슬픈 봄

으쓱 춥고 가슴 답답한 잿빛 구름이 흩어져버리어
푸른 하늘에 비둘기 같은 흰 날이 은빛 춤을 추고
온갖 수목의 싹을 틔는 미끈한 바람이 쏟아져 나오면
버드나무 피릿소리 요란한 봄 거리 위에
발벗은 어린이들이 긴 행렬을 시작합니다

가슴에 오직 생명(生命)의 물결이 넘쳐흐르고
천진(天眞)스런 기쁨과 거룩함과 밝은 마음으로
어머니 젖 같은 봄 소식을 펼치고 돌아다니는
어린이들의 코-러스가 거리에 넘치어갑니다

이럴 때 어른들은 산날맹이[1]로 돌아가

---

1) 산날맹이: '산마루'의 방언

묵은 기억(記憶)의 슬픈 보금자리에 몸을 안기어

잃은 사랑 죽은 사람을 못 잊어 한탄하는

세월이 가르친 덧없는 근심을 쌓습니다

웃는 봄빛도 옛 설움을 자아내는 물레가 됩니다

이 어린이의 거룩한 봄과 어른의 슬픈 봄이

한날 한곳에 다른 두 나라를 세웠읍니다

아아 작약(芍藥)2)순같이 곱게 벌어진 어린이의 기쁨
이여

때의 물결에 씻기고 남은 어른의 슬픔이여

---

2) 작약과의 여러해살이풀을 통틀어 이르는 말. 꽃이 크고 예뻐 정원에서 관상용
   으로 재배한다.

검정 비둘기

뉘 눈살에 시달리어 그 맵시 쓸쓸히
외로운 넋 물고 오는 검정 비둘기
해늙은 느릅나무 가지에 앉아
구구꾸 목놓아 슬피 우노나

깨우면 꺼져버릴 꿈 같은 세상
사랑도 미움도 물 위의 거품
그 설움 향화(香火)처럼 피워지련만
날마다 못 잊어 우는 비둘기

웰트슈매-쓰? 니힐의 속 아픈 울음?
알 이 없고 둘 곳 없는 저 혼자 설움!
귀 먹은 지옥(地獄)거리 가에 앉아서
허공(虛空)에 울어대는 외론 비둘기

높고 푸른 하늘은 끝없이 멀리 개어
태고연(太古然)한 햇빛만 헛되이 흐르는 날
오늘도 혼자 앉아 슬피 울다가
어디론지 간 곳 모를 검정 비둘기

권태³⁾

언덕에 실바람은 호리호리
먼산엔 아지랑이 아롱아롱

휘파람 날리기도 흐들펐나니
지루한 봄날은 길기도 길다

햇빛은 누굴누굴 졸음도 오락가락
아리랑 옛 곡조나 읊어볼거나

언덕에 실바람은 호리호리
먼산엔 아지랑이 아롱아롱

---

3) 倦怠

뻐꾸기 제 설움에 흐느껴 울음 울면
신학산(神鶴山)⁴⁾ 고개 넘어 해는 저물어

오늘도 하늘빛은 푸르고 머얼고
남포(南浦)⁵⁾ 앞 갯물은 들었다 났다

---

4) 전라남도 강진군 강진읍 춘전리에 있는 산으로 강진천을 건너 정면으로 보이며
   높이 150m이다.
5) 현 전라남도 강진군 강진읍에 있는 마을이다. 다산 정약용이 1808년 봄부터
   유배가 해제된 1818년까지 도암면 귤동마을 다산초당으로 거처를 옮겨 목민
   심서를 비롯한 600여 권의 저술을 남겼는데, 다산초당을 가는 길목의 남포
   논길에 홍옥매를 심고 이 길을 홍옥매길이라고 명명하였는데, 봄이 되면 매화
   꽃으로 만개되어 아주 아름다운 곳이기도 하다.

그길아이 못막으리

죽엄의길 싫어마소 부르거든 고이가소
해와달이 생길적에 삶과죽엄 마련하심
누리의 크신뜻을 싫다하들 어이하리

가을바람에 우수수 나는잎의 길을따라
억만의 옛사람들 서름안고 가셨나니
않가래야 않보내랴 그길아이 못막으리

그리운 옛날

저녁때 구슬픈 꾀꼬리 노래를
어덕에 혼자서 고요히 들으면
초여름 욱어진 나무숲 그림자
마음은 그리운 추억(追憶)의 나라로

실바람 새여드는 어덕에 누어서
고요히 귀기우려 저노래 듣든날
가삼에는 빛난보람 푸른꿈 그리며
먼하날 바라보는 그옛날 그옛날

길

파란 안개 자욱히 덮혀 고요한 길
나뭇잎 소복 쌓여 사람 기척 없는 길
아렴풋한 달빛 아래 호젓이 조으는 길
아아 마음속 그윽히 뻗은 길 숨어 있는 길

날마다 밤마다 때 없이 그 길 위에 노닐며
슬퍼하고 기뻐하며 또 눈을 감노니
기쁨과 설움에 때로 맑고 흐리우는
넋만이 다니는 길 마음속 빛나는 길

꾀꼬리(2)[6]

환상(幻想)이 깃들이는 집!
피어오르는 구름솜의 하이얀 가슴에서
포르르 날아나온 환희(歡喜)의 새 넋이여!

이슬에 밝은 오월(五月) 아침
파아란 풀떨기에서
샘같이 솟아오른 노래의 물결이여!

푸른 물 젖은 잎향기 스미어내리는
느티나무 끝없이 우거진 숲 그늘 안에
황금 깃 빛나는 날개를 훨훨 벌리며
여름의 기쁨을 아뢰이는 너의 노래와

---

6) 其二

나무 숲 보드라운 마음결이 서로 얽히어
하늘 위에 은실의 꿈을 그린다

네 노래의 환한 빛갈 눈 으리는 은실같이
향기로운 하늘에 가득 얽히어
가냘픈 꽃의 꿈길을 갈아 빛내이고
금(金)보래의 고운 빛 저녁놀을 살폿 흔들어

노래바다의 가는 물결이 수없이 넘실거리면
누리가 꽃으로 빛나고 꿈으로 향기로워
황홀(恍惚)한 음악(音樂) 속에 하이얗게 흔들린다

지금 나는 부르든 노래를 잠간 멈추어
시달린 여름낮 무거운 마음깃을 벌리고

네 노래의 환한 빛갈 속에 뛰어들어
그 가늘게 흔들리는 은길을 사뿐 걸어서
무지개 고운 문(門) 아름다운 성(城)을 찾아
아슬한 하늘의 빛난 길을 헤매인다.

나는 살고 십ᄒ소

위태한 가지끝에
거꾸로 달아매오

꽃한포기 웃지않고
새한마리 날지않는
천애(天涯)[7]의 절도(絶島)에 가두어두오

끝없는 고역(苦役)[8]과
잔학(殘虐)[9]한 매질 쉬지않는대두
나는 살고 십ᄒ소

---

7) 하늘의 끝
8) 몹시 힘들고 고되어 견디기 어려운 일
9) 잔인하고 포악함

계절(季節)과 계절이 입마추고
바람과 구름이 오고가고

해가 궁창(穹蒼)10)을 밝히다 간다음
달이 은광면사(銀光面紗)11)에 별을달고 오는동안

하날가에 혼자 남어도
나는 살고 십ㅎ소

---

10) =창천(蒼天, 맑고 푸른 하늘)
11) 은빛 면사포

나의 노래는

(一[일])

내노래는
드을에핀 쌍씰내의 눈물갓치
그러케 애틋하고.
그향긔는
눈맛고 픠여난 매홧쏫갓치
그러케 맑으며.
노래의 숨결은
시내ㅅ물갓치
처얼 처얼 흐르다가
山[산]에안저서 우는 쑥궁새처럼
나뭇가지에 쉬여잇다가.
이마를 흘너가는 바람결갓치

간 길도 모르게 사라져버리는
그러케 흔적업는 노래를
나는 부르고 십다.

(二[이])

내노래는
밋을수업는 시약시 우슴갓치
그러케 것잡을수 업고.
그울님은
저녁노을에 써러지는 꼿닙갓치
그러케 고요하며.
노래의 빗갈은
장미빗아츰 매친이슬에 눈을써

푸른하날에 번썩이는 날빗갓치
그러케 빗나다가.

山[산]그늘에 져녁빗갈 춤추다 써지드시
보인듯 안보인듯 어릿거리는
그러케 흐림한 노래를
나는 부르고 십다.

낙일몽12)

불그레한 빛 엷게 떨린 저녁 햇살 슬프다
마른 풀잎 스쳐가는 바람끝도 쓸쓸타
힘없이 해는 떨고 재운 바람 풀에 자고
성 끝에 홀로 서서 꿈은 외롭다.

---

12) 落一夢

낙화정[13)

우리고을 서문밖 새동산 모롱이에
쓸쓸한꿈 어려있는 이별의터 락화정

님두고 고향두고 타관길 외론마음
잘가자 잘있거라 서뤄 눈물짓는곳

아아 구번진 노송(老松)나무 바람이울면
서러운 옛이야기 속살데느니
보내는이 가는이가 이길에 서서
눈물을 흘리는 락화정 락화정

---

13) 落花亭

내 마음 사는 곳

유리빛 바람이 솔솔 불어오고
실졸음 아지랑이 서리어 있는
그 밖에 향기로운 바다가 남실거리고
내 마음 늘 사심한 섬 둘레 흰 모래를
푸른 물결이 그칠 새 없이 씻고 있다

밝은 날빛에 바다가 은결같이 반짝이고
머언 곳 하늘이 나직이 내려와 속살대며
사랑 어우르는 갈매기떼 어지러이 흩어 나르고
춤추는 물결에 은비늘고기 꼬리쳐 굽실거리며
물새와 고기들이 서로 즐기는 곳

그곳에 푸른빛 기쁨이 꽃 머금어 있느니
그곳에 빛나는 보람이 멀리 얼신거리느니

슬픔이 거리에 잠기고 한숨소리 집마다 높을 때
그리움에 애닯은 나의 넋은 흰 새가 되어
포르르 포르르 근심거리를 고이 떠나
늘 봄의 물결 사이에 기쁨을 노래하느니

강남(江南) 제비 돌아오는 길 아득한 바다
그곳이 내 마음 살아 있는 곳
파초(芭蕉)14) 열매 무르녹은 향기가 가득 떠돌고
달걀처럼 희고 예쁜 배가 날마다 돛 달고 가며
새 노래와 고기 뛰임 그치지 않는 바다 물결에
내 마음은 물오리같이 잠방거리고 있다

---

14) 〈식물〉 파초과의 여러해살이풀. 높이는 2m 정도이며, 잎은 뭉쳐나고 긴 타원형이다. 여름에 노락색을 띤 단성화가 피어나고, 육질의 원기둥 모양의 열매를 맺는다. 약재로도 쓰이고, 관상용으로도 재배된다.

내무덤에 오려거든

내무덤에 오려거든
조용히 혼자오소

날새면 찾아와서
나와두리 노는산새

여러사람 지꺼리면
아여 놀라 나라가리

내무덤에 오시거든
눈물일랑 짓지마소

쓸쓸한 산골속에
혼자누어 한가한몸

한세상 슬픈생각
마음도 지긋하이

내무덤에 오실때는
아모것도 들지말고

뷘손쥐고 오신길에
볼이없이 외롭게핀

꽂한송이 올마다가
무덤우에 심어주소

내가 죽어 이 세상을

내가죽어 이세상을 써나버리고 업는 뒷날
혹 나의잇는곳을 아르시고저 하시는 분은
드을에 나아가서 쌍찔내더려 무러주십시요
나는 그의게 나의 잇슬곳을 약속하고 감니다.

죽엄이 차자와서 나를 부르거든
나는 님의손ㅅ길도 쑤려치고 싸라가렴니다
아조가는 그날이야 무어 못니칠게 잇사오리까만
내가부르든 노래나마 남겨두고 가오리다.

눈감고생각하면

눈감ㅅ고 생각하면 고향길 삼천리(三千里)
푸른산 구름밧게 머나먼 길이라오
나그네ㅅ길 곤한몸 산기슭에 쉬이면
옷깃스처 가는바람아 내눈물 부치고저

▶▶▶『시문학』제3호

님의노래

밤이슥 고요히 잠드신 님의얼골
야윈볼 가는목이 보기아이 애닯아요

깨웠을적 서른마음 꿈에든들 기쁘오랴
푸른밤 어느별과 슬픈신세 한(恨)하셔요

내짐짓 못드른체 이불쓰고 누었으면
바늘상자 앞에놓고 혼자몰래 불든노래

"서름으로 옷을입고 눈물로 밥을삼고
우슴꽃이 필날이야 어느때나 오려는고"

그대는 눈물겨워 이노래를 불렀지요
이불쓰고 든든내의 애끈는줄 몰랐지요

감으신 눈섭에도 눈물이 고였구려
옴으리신 입술에도 하소연이 열렸구려

옷지웁다 바늘든체 팔배고 잠든그대
서름도 아냥지처 꿈속에 드시였나

자다도 느껴울며 길게쉬는 한숨소리
애끈는 내마음 잠못들어 합늬다

밤이슥 고요히 잠드신 님의얼골
야윈볼 가는목이 보기아이 서글퍼요

동요15) 산16)넘어먼곳에

보라ㅅ빗츠로 자주빗츠로 곱게물드린
저녁씨 저녁씨 해지는 山[산]고개
그고개 넘어 먼곳에 항구(港口)가 잇답니다
끗업시 넓은 빗나는 바다ㅅ가에

거긔뫼는 배돗대는 해일수 업고
커다란 륜선들이 드러닷는곳
아츰마다 철로는 서울을가고
저녁마다 륜선은 제주(濟州)간대요

밤되면 집집과 거리거리는
새별보다 더밝은 등불을켜고

---

15) 童謠
16) 山

오고가는 사람이 하도만어서
한참도 못보아 눈어질대요

우리골 자동차는 손님을 실코
날마다 산(山)넘어 그곳갑니다

삼남(三南)에 제일(第一)가는 굿이 낫다는날
금동이 아버지는 가보셨다요

보라빗츠로 자주빗츠로 곱게물드린
저녁씨 저녁씨 해지는 산(山)고개
그고개 넘어 먼곳에잇는 항구(港口)에는
날이날마닥 쮓쮓쮜 륜선이 드나든대요

써도는 마음

봄나븨 나라들면 바람에 실닌마음
어느세월 그리워 이다지 허덕이냐
빗나는 꿈의터 아슬한 하날우에
길섯든 꿀벌처럼 기리기리 나르나니

무상17)

시들픈 꽃잎이 나른다 나른다
재운봄 언덕에
오오 벋아 그잔 들으시라
보는체 말자

무심한 세월은 흐른다 흐른다
아끼는맘 비웃고
오오 젊은이이여 어둔한숨 거두우라
근심을 잊자

죽엄길의 상여소리 들린다 들린다
어제도 오늘도

---

17) 無常

오오 그대여 서른귀 가리우라
드른체 말자

때오면 무덤에 도라갈 이몸도 이몸도
외로운 나그내
오오 님아 나를 꺼않어다고
슬픔을 잊자

물우에 뜬 갈매기

내마음은 물우에 뜬 갈매기 서런 갈매기
날마다 날마다 아득한 물ㅅ결새에 떳다 잠겻다
외롬이 자저 푸른 그림자 흐른물에 떨치고
하날에 소사 끗업는 한탄을 노래하느니

▶▶▶『시문학』제2호

밤새도록

두견이울며 두견이울며
이른봄을 밤새도록 바람이불면
산(山)에는 진달래 꼿이피엿네

어덕에 혼자서 어덕에 혼자서
푸른하날 한업시 바래보다가
나는내서럼의 얼골을 만낫다.

▶▶▶『시문학』제3호

백운태¹⁸⁾

만회암(萬灰菴)¹⁹⁾ 호젓한집

청유(淸幽)²⁰⁾한 염불(念佛)소리 귀에걸고

잣나무 소나무 유애(黝藹)한²¹⁾ 숲길 꿰여들어

깊이 숨은 백운태(白雲台) 정밀(靜謐)한 바위끝

내 호울로 유연(悠然)²²⁾히 그우에 서있노니

증릉(嶒崚)한²³⁾ 산악(山嶽)의 거룩한 포옹(抱擁)을 몸
에느끼여

나의 영혼(靈魂)안에 흰 촛불을 켜다

---

18) 白雲台
19) 백운동에 있는 옛 암자. 칠성바위에서 북쪽으로 약 600m 떨어져 있다. 이곳에
    서 령추봉으로 가는 길과 백운대로 가는 길이 갈라진다.
20) 속세와 떨어져 아담하고 깨끗하며 그윽함, 또는 그런 곳.
21) 검푸르게 우거진
22) 침착하고 여유가 있음
23) 산이 아주 높고 험하다.

중향성(衆香城)24) 맑은 광망(光芒)25) 온몸에 스며들어
오탁(汚濁)26)한 진금(塵襟)27)이 별같이 트이여 오노니
사파(娑婆)28)의 팔고(八苦)29)야 꿈인듯 멀리가고
나는 신선인양 삶과 죽엄을 초월(超越)하다

깊은골 붉게타는 단풍잎 새에앉어

---

24) 금강산 내금강 백운대에서 동북쪽을 바라보면 영랑봉 말기에서 뻗어내린
   곳이 이곳이다. 중향성은 백운대와 흰 구름을 가운데 두고 서로 어울린 절승이
   다. 흰돌기둥들이 숲을 이룬 듯 창공 높이 솟아 있는데, 겹겹히 층층으로
   엉키고 서려 있으며, 어떤 것은 성벽 같아서 구름과 안개 속에 잠길 때면,
   마치 철벽의 성벽에 수억만 향을 태워 연기를 피운 것처럼 실안개가 줄을
   그으며 자욱해진다. 여기에서 유래된 이름이다.
25) 비치는 빛살.
26) 더럽고 흐림.
27) 티끌로 더러워진 옷이리라는 뜻으로, 속된 마음이나 세속적인 생각을 이르는 말.
28) 〈불교〉 사바(괴로움이 많은 인간 세계).
29) 〈불교〉 사람이 세상에서 면하기 어렵다고 하는 여덟 가지 괴로움. 생고, 노고,
   병고, 사고, 애별리고, 원증회고, 구부득고, 오음성고를 이른다.

마음은 백조(白鳥)가 되여
하늘에 합장(合掌)하다

벗이여! 때때로는 우리

벗이여!
때때로는 우리서로 갈니어가─
저 어덕우에 외로히 서잇자
날마다 그어덕 부러가는 바람과
한가히 질겨노는 잘새의 노래가
미웜[30]과 시기(猜忌)의 맑지못한 마음으로
우리의 섯든정(情) 다시 니어주오리

아아, 벗이여!
그듸와 마조안저 고히놀든자리에
때때로 늣기눈조고만한 겨름과
무근써림 잇쓰랴만 그리운맘 업쓰랴만

---

30) 미움

잇다금 마조치는그딕의 눈날에
감각(感覺)이 흐린듯한 무거운마음
싸닭모를 주저(躊躇)[31]안에 내낫이 불거짐은

벗이여!
때때로는 우리서로 갈니어가―

---

31) 어떤 일이나 행동을 과감하게 또는 적극적으로 하지 못하고 머뭇거리며 망설이
  는 것.

별리32)

칼날숨은 우슴과 독이흐른 사랑과
어지러운 그림자 숨막키는 살의내음
옷자락에 숨은눈물 근심의 거리를
내이제 작별하고 나어갈길 어대려냐

다리야의 영화와 백합(百合)의 교만과
향락자(亨樂者)앵도화 코스모스 정(情)절도
해바래기 정열(情熱)이 폼피-의 아양이
장미야 수접은 네입술도 그립잔타

---

32) 別離

봄(1)³³⁾

강 물결 환뜻 빛나 내 눈이 부시오
머리칼에 희롱하는 바람끝이 간지럽소
햇살이 내려와 대지(大地)에 소근대면
웃음같이 틔어오는 아아 봄이여

끝없는 하늘에야 무슨 꿈을 그려보랴
노근한 이 언덕 설움인들 안 잊히랴
내 마음 고요하여 한가로이 눈 감으면
골짝에 흐르는 시냇물 소리

---

33) 其一

봄(2)[34]

아지랑이 실오락 헤치며 헤치며

꽃을 달고 오는 봄아

너는 어디서 솟은 듯 찾아왔니

햇살 타고 내려왔니

실바람에 불려왔니

누가 데리고 온 고운 새새끼들

아름다운 그 노래 그 노래

어디서 저리 용케 배웠다니

호사스런 꾸밈 유량(嚠喨)[35]한 음악(音樂)

너의 차림새야 찬란도 하지

---

34) 其二
35) 음악소리가 맑으며 또렷함.

종달새 노래 아래
꽃 속에서 졸던 봄아

참새도 모르는 새
고양이도 모르는 새

노랑나비 등에 실려
무상(無常)의 푸른 자욱
내 가슴에 그어놓고

실바람 스을슬 따라
너 어디로 가버렸니

불국사³⁶⁾

겨레의 자랑
조화(造化)의 극치(極致)
토함산(吐含山)³⁷⁾ 한구석에
너는 우리 자랑일다

천하를 호령하든 장렬(壯烈)한 나라싸움
훌란스런 임금거동 백성의 빛난 풍속
신라(新羅)의 옛날꿈은 바람같이 가버리고
너혼자 그문화(文化) 자랑스럽다

---

36) 佛國寺
37) 경북 경주시 덕황동. 불국동과 양북면에 걸쳐 있는 산으로 높이 745m이다.
   신라시대에는 동악이라 하여 호국의 진산으로 신성시되었으며, 중사를 거행하
   였다. 신라의 고찰인 불국사, 석굴암이 있다.

비로봉³⁸⁾

찻집 통나무 벤취에 걸터앉아
갑갑한 날씨를 꾸짖었다

철없는 동무는 자꾸 길을 조르고
나의 마음은 짜증스러웠다

서운한 손 스틱을 끄을며 끄을며
다시 오기 어려울 이곳 버리고 가렸더니

문득 안개가 파도(波濤)처럼 구을러간 뒤
눈안에 들어오는 황홀(恍惚)한 풍경(風景)!

---

38) 毘盧峰

오오 찬란한 금강산(金剛山)이 한눈에 보이누나

아롱다롱 화사(花蛇)[39]떼처럼 고운 맵시 꾸미고
푸른 하늘로 기어오르는 봉우리 봉우리

돌산 이마에 깁수건처럼 펄렁거리는 폭포(瀑布)는
굽이굽이 산골을 돌아 청룡(靑龍)이 서린다

천선대(天仙臺)[40]와 집선봉(集仙峯)[41]은 서로 마주
부르고

---

39) 〈한의학〉 '산무애뱀'을 한방에서 이르는 말. 풍병이나 문둥병을 다스리고
    강장제로 쓴다.
40) 외금강에 있는 석대. 기괴한 암석이 절경을 이룬다.
41) 강원도 고성군에 있는 산봉우리 외금강 안에 있는 기봉의 하나로 금강산
    안에서 특히 웅장한 산악미를 자랑한다.

저기 상팔담(上八潭)⁴²⁾이 머얼리 내려앉다

현혹(眩惑)한 풍경이 달려왔다 물러섰다
가슴에서 물결처럼 출렁거린다

너무도 황홀한 이 그림 속에서
나는 슬픈 전설(傳說)은 꿈꿀 수 없다

아아 저 안개가 또 몰아오누나

---

42) 강원도 고성군 외금강면 온정리에 있는 못.

빈한43)

온 세상이 부러워하는 부귀와 영화를
떠도는 구름같이 여기렸더니
그 가난 못 이기는 아내를 볼 때
마음은 안쓰러워 눈물 고이네

---

43) 貧恨

사랑꽃 설움꽃

얘야 연아 저 꽃을 보아라
젊은이 가슴에 흔들리는 사랑꽃

그 입술 그 눈초리 조롱 감춘 복사꽃
담 밑에 수줍어서 혼자 피는 민들레꽃

외로운 꿈 숨은 한숨 고개 숙인 할미꽃
시악시 설운 사랑 눈물어린 땅찔레꽃

얘야 연아 그꽃을 보려무나
젊은이 가슴에 흔들리는 설움꽃

산골사내의 부르는 노래(2)

쑤꿍새의 으름마자 멀어젔구나
이산골 싫다 외로웁다 나라갔는가
집앞에 시냇물은 흘러흘러 가버리고
혼혼한 봄시름만 산마루에 잠겼구나

흘러가는 시냇물에 이마음 띄워주자
물고기 외로움에 시다리든 나의가슴
가다가 가고가다 먼디마을 지낼때는
빨래하는 시악시의 고운손목 감고가리

외롭고 쓸쓸한맘 혼자부는 노래소리
산골도 외로운듯 서로마저 울려간다
시냇물아 흐르다가 포구가에 이르거든
이산골 외론소식 낱낱이 전해다고

쑤꿍새의 우름마자 멀어졌구나
이산골 싫다 외로웁다 나라갔는가
혼혼한 봄시름만 산마루에 잠겨있고
집앞에 시냇물은 흘러흘러 가버린다

산비둘기 같은

날씨가 이리 포옥 따스한 겨울 날
까아만 다박솔 아늑히 둘러선 산기슭
양지 바른 무덤 앞 잔디 위에 누웠으면
마음속 어둔 그늘 이제 구름같이 사라지고
죽음의 맑은 기쁨 향불처럼 피어오르나니

달빛 희뿌연 새벽 산골 안개 속 같은 내 가슴
숲속에 숨어 앉아 가만히 나래 떨고
졸리운 양 눈을 감는 산비둘기 같은 내 넋은
머얼리 가직이서 나직하게 우러나는
대지(大地)의 엘리지를 한가로이 듣습니다

산새야 이리 오려므나

산새야 이리 오려므나
깊숙한 까끔 속 양지갓이 나는 좋단다
여기 무심(無心)과 정적(靜寂)이 숨은 잔디에 앉아
나와 단둘이 죄 없는 얘기나 한마디 하자꾸나

산소

산새가 이제 울고간뒤
바린듯 외로운 무덤하나
망각(忘却)의 폐허(廢墟)같이 적요(寂寥)한 침묵(沈
黙)속에
산그늘 고요히 묘우에 어리우다

말없으신 무덤곁에 호젓이앉어
마음도 쓸쓸하야 눈물겹느니
은벽색(銀碧色) 얇게타는 저녁하날에
슬픈꿈 담은 향로(香爐) 피어오르다

산에 오릅니다

산에 오릅니다
가슴속 깊이 파고앉은 우수(憂愁)와 번뇌(煩惱)는
부러가는 어덕바람에 떨치여 버립니다
나는 고요하고 맑은 마음으로
산에 올러와 앉습니다

저 하날닿는 지평선(地平線)우에는 사랑과 안식(安
息)이 서리우고
산기슭을 도라가는 강물은 흐르며 노래합니다
들역을 건늬고 산모롱이를 휘여도라
하얀길이 사뭇 즐거웁게 다름질 칩니다
거기 악마(惡魔)같이 포효(咆哮)하는 앤진의폭음(爆
音)은 문명(文明)의죄업(罪業)이외다

산에앉어보는 인가(人家)의 나붓한 집웅들은

평화(平和)스럽고 순해보이기 양(羊)[44]의무리와 같읍니다

어찌면 저속에 그무서운 싸움이있나 의아(疑訝)해합니다

들에나는 까막까치도 오즉친화(親和)로 때를지어 놀지만

인간(人間)의 거리에는 저주(詛呪)와 쟁탈(爭奪)의 죄악(罪惡)이 있읍니다

산에 오릅니다

무심(無心)히 지꺼리는산새는 나의좋은 친구가됩니다

---

44) 〈동물〉 양.

숲속에 초동(樵童)[45)의 구슬같이맑은 노래를 들으며
만유(萬有)[46)의 안윽한품속에 함뿍안끼워 천국(天
國)을 꿈꾸려고
　나는 산에올러와 혼자 앉습니다

---

45) 땔나무를 하는 아이.
46) 우주에 존재하는 모든 것.

산토끼

솔밭속 그늘밑이 나는 좋아서
한종일 풀속에 든 산토끼같이
아모런 생각없이 괴럼도없이
푸른하날 내보다는 산토끼같이

삶

두번못볼 꿈이오라
깨지말라 비옵거늘

백년(百年)을 살다가도
서러운맘 끝없으리

미덕(美德)과 영화(榮華)가
삶보다 귀여우랴

아차 한번 가고말면
은하(銀河) 아득한길 헤아리노니

상팔담47)

좁은산길을 구비 구비 돌아서
나무새다리를 기여오르노니
위태한 돌길을 또다시 돌아올라
새다리 위에 세운 새다리

어느 천국(天國)에서 오는소리뇨
딱치어다 뵈는 한발로 머리위에
사람도 뵈지않고 내려지는 말소리
겁많은 사내는 탐승(探勝)을 포기(抛棄)했다

하늘에 오르는셈 산끝에 기어오르노니
옥황(玉皇)의 선녀(仙女)가 놀다간 이곳

---

47) 上八潭: 강원도 고성군 외금강면 온정리에 있는 못.

인간(人間)의 비화(悲話)는 거리에 남겨두라
성스런 이곳만은 깨끗이 직히우자

천척(千尺)[48]절벽의 쇠란간에 기대여
아슬한 상팔담(上八潭)을 구버보노니
저 푸른물결속에 이몸 던지고저
죽엄이 꼬여데는 황홀한 심사(心思)여

---

48) 매우 높은 높이

서릿발

서릿발 섰네
서릿발 섰네
금잔디 언덕에 서릿발 섰네

돋는해에 구슬인양 반짝어림을
귀여움맘 발끝으로 헤치고보면

서릿발 섰네
서릿발 섰네
금잔디 언덕에 서릿발 섰네

석굴암⁴⁹⁾

어히 이리 고요한곳

어히 이리 외로운곳

세상을 쫓겨나온 한(恨)많은 어느 길손

눈물을 뿌리며 이곳 지나가드뇨

동해(東海) 푸른물결 무릎아래 넓히깔고

묵묵히 앉은불상(佛像) 꼭담은 가슴속에

몇천년(千年) 긴세월을 꿈은 향기러우뇨

외롭고 슬픈얘기 얼마나 숨었느뇨

---

49) 石窟庵

소패50) 꼿바람

꼿바람이 붑니다 꼿바람이 붑니다
봄기두리는 내가슴에 꼿바람이 붑니다
겨울날 어덕우에 찬 눈이 싸이여
얼어부튼 이가슴 부러가거라.

꼿바람이 붑니다 꼿바람이 붑니다
이른봄 산(山)ㅅ비탈에 꼿바람이 붑니다
지난밤 새이도록 불든 바람에
어느산(山)ㅅ골에 진달내꼿 피지나 안엇는가.

꼿바람이 붑니다 꼿바람이 붑니다
마른들 잔듸ㅅ풀에 꼿바람이 붑니다

---

50) 小唄: 패

바람에 나붓기는 금빗 쮜ㅅ닙 미테서
새봄마지 차비하는 적은 숏풀들.

숏바람이 붑니다 숏바람이 붑니다
이른봄 산(山)ㅅ비탈에 숏바람이 붑니다
바람아 숏바람아 어서 부러가거라
남은바람 다 부러야 숏치핀단다.

수양51)

한 이틀 보실보실 내리든 비가
개인 뒤 하늘빛은 애그 보드라
길 곁에 늘어진 실버들가지
얄포시 물든 초록 곱기도 하이

혼혼한 바람이 하늘에서 불어와
봄빛 실은 아기가지 하늘거리면
기쁨이 아물아물 입을 벌리어
가던 길 멈추고 웃음 보냈지

---

51) 垂楊: 수양버들(버드나뭇과의 낙엽 활엽 소교목.

순간 [52]

아슴아슴 조을리는 엷은 잠결에
환뜻 지나가는 빛갈 속에
날아 닿는 구름의 그림자 뒤에
머리털 한들 날리는 바람결에
강(江) 물결에 봄 마음 희끗 뒤집히듯
내 앞에 언듯 왔다 사라져버리는
아아! 빛나는 순간……
── 그리운 옛 마음의 한 끝이여 ──

아! 그는 무엇이랴 그리운 듯 애달픈 듯
이다지 알뜰히 눈에 잊은 듯
내 곁에서 느껴운 듯 희살부린 듯

---

52) 瞬間

산골엔지 어디선지 본 듯한 얼굴
조약돌 흘러가는 시냇가엔 듯
못가에 보실거린 빗방울엔 듯
저녁 빛갈 떨리는 언덕 위엔 듯

햇발에 흔들려 바람에 나불거려
소리도 없이 지나가는 그림자같이
어디선지 언듯 왔다 어디로인지
보랏빛 꽃망울이 사라짐같이
아아! 빛나는 순간……
—— 그리운 옛날의 작은 유령(幽靈)이여 ——

숲길

가다가 못다가고
산에걸린 새벽달밑

이슬매진 숲길속에
은방울 버레소리

아여 다칠까봐
발길 조심 네딛노라

시조⁵³⁾

제절로 가는길도
두손잡아 막으려는

피를 나눈 겨레목숨
총칼로 끈단말이

하물며 봄뒤원에
피도 덜한 꽃들이랴

53) 時調

씨름꽃

님모시러 가든길에
진달래꽃 붉었읍데
님기리는 이들길에
씨름꽃이 눈물일레

애별⁵⁴⁾

오는날은 꼭가오리 내기혀 떠나가리
눈물이 길을 가리운들 가기야 못가랴만
애달피 써나는몸이 못닞는 이마음
님이여 그대바리고 내어이 차마 가리

▶▶▶『시문학』제3호

---

54) 哀別: 슬프게 이별함. 또는 이별을 슬퍼함.

어린 너는 산새처럼 가버리고

앓이가들 못하는 길이였든가
피배트다 어린너는 산새처럼 가버리고

천지에 둘곳없는 내마음 홀로 외로워
오날도 섭섭히 도라가는 너와놀든 이자리

아아 복사꽃 연연이 붉은 저녁노을속에
그대생각 그리움 천(千)갈래로 흡니다

옛사랑

금빛물결 남실거린 보리밭가에
두리앉어 부끄렵든 옛사랑아
그대는 어느결에 주름잡히고
나도 이리늙어서 머리가 희다

덛없는 세월은 흐르고 흘러서
우리들 젊은꿈도 낡아버리고
허무러진 객사터 뷘마당 가에서
산비들기 구구 꾸꾸 우러데누나

요정⁵⁵⁾

여기 알들이 다정(多情)한 나의 적은 패아리-가 있다
그는 들만말만 살포시든 잠결속에 사노니

나라드는 봄나비, 이슬비 소근거린 여름화원(花園)
초밤별 엿보는 가을황혼(黃昏) 강변의 어둔숲길
또 양짓갓 까끔속 겨울산새의 모양하고
나의 얕든 잠결속에 아양지며 아른덴다

알들하고 다정한마음 손목을 잡으려하면
바람끝에 사라지는 꽃방울처럼 간곳몰을 요정(妖精)
이려니
내옛날 이러버린삶의 한토막 빛나는 포-즈

---

55) 妖精: 요사스러운 정령. 서양 전설이나 동화에 많이 나오는, 사람의 모습을
    하고 불가사의한 마력을 지닌 초자연적인 존재.

은막(銀幕)56)을 선듯 지나가는 필름쪽처럼
잡힐듯 사라지는
오오 어릭적 꿈의모습 그리운 손님이여

---

56) 영사막(영화나 환등 따위의 상을 비추어 볼 수 있는, 빛의 반사율이 높은
흰색의 막).

우리 좋은 길동무로

당신은 웨나를보고 외면하십니까
그피로한 얼골을 요리좀 돌리시요
고해풍파(苦海[57]風波[58])에 거치러진 손목이나 만저
봅시다

그대뜰앞에 넘처흐르는 샘물한머금 원치않는내게
문을굳이닫고 도라섬은 어인일이십니까
그대가 아끼고 탐내하시는 보화야
나의게는 길차비에 고달픈짐이 될뿐이외다

허공(虛空)에 뜬 무지개같은 그대 죄금한 업적(業績)
이야

---

57) 〈불교〉 고통의 세계라는 뜻으로, 괴로움이 끝이 없는 인간 세상을 이르는 말.
58) 세찬 바람과 험한 물결을 이르는 말. 세상살이의 어려움이나 고통을 말한다.

애배래스트 상상봉(上上峰)꼭대기 풀잎 하나와
대양(大洋)의 깊고어둔 물밑에놓인 조약돌 한알보다도
더 부러워 여기지는 않습니다

내구태여 바라는마음 있다하면
그대 지난날우에 곱곱히쌓인 슬픈 여행담(旅行談)과
눈섭에고인 한방울 구슬같은 회한(悔恨)의 눈물만이
내삶에 기름진 자양(滋養)59)과 값진 노자(路資)60)가
될것입니다

풀끝에 이슬같이 이목숨 사라지는날
우리들 이세상 지나가든 자리에 남기고가는것

---

59) 몸의 영양을 좋게 함.
60) 먼 길을 떠나 오가는 데 드는 비용.

오오 참으로 그 자리에 남는것은 과연 무엇이겠읍니까

교오(驕傲)[61]와 첨유(諂諛)[62] 그리고 증오(憎惡)와

참닉(讒匿)과 불신(不信)의 부덕(不德)밖에는

저녁하날에 나르다 쓰러지는 하로사리같은 인생이

외롭지도않어 뿔뿔이 헤지려는양이 안타갑습니다

허영(虛榮)과 질투(嫉妬)와 탐욕(貪慾)의 어리석은 싸

움으로

눈에 번개를그리며 노리는꼴도 보기가없읍니다

보아하니 그대가는길도 나와 다름 없으려니

애쓰고 몸부림친들 어느길로 피하시렵니까

---

61) 교만하고 건방짐.

62) 아첨(남의 환심을 사거나 잘 보이려고 알랑거림).

저 영항(永恒)63)의 어둠나라로 떠나가는배 기두릴동안
그대와 나는 한 좋은 길동무가 되지않으렵니까

무궁화(無窮花) 꽃피여 향기로운 이나룻가에서
우리들 관용(寬容)과 애민(愛憫)64)의 따뜻한 불김에
야위고 언 몸을 쌀 녹이지 않으렵니까

---

63) 영구(永久, 어떤 상태가 시간상으로 무한히 이어짐).
64) 불쌍히 여겨 사랑함.

원연65)

차차주는이 업는 이강(江)변에 쓸쓸한강(江)변에
고요이 밀녀오는 물결의 소색임을
님이여 그소색임을 드르사이다
아— 나의 서러운사랑을 드르사이다

기두린들 아모리 기두린들
안이오실 님이시언만
차마닛고 도라서지 못하는 발낏이
여기 저문 강(江)변에 썰니며 섯습니다

출넝— 출넝— 밀려가는 물결이야
다시오마는 긔약인들 업쓰리요마는

---

65) 怨戀

날 닛고 오지안는 님의마음은
애그! 참말 모질기도 하시구려

아아 바람에 소색이는 갈닙갓치
이다지도 애처로운 나의 마음!
님이여 재발 이몸 그만울니시고
어서와 나의눈물을 씻겨주세요

월광⁶⁶⁾(1)⁶⁷⁾

무덤 길을 찾아가는 유령(幽靈)의 발길이여

근심같이 흘러가는 죽음의 입김이여

누리의 오랜 설움 뉘 입술로 빨아들여

새로 돋은 내 무덤에 눈물꽃 피여주리

---

66) 月光
67) 其一

월광(2)⁶⁸⁾

느티나무 속잎을 만져보는 간지럼
젖가슴을 기어가는 섬서리발의 신경(神經)
벗은 몸 쑈파 위에 뒤궁그는 마음같이
아편에 슬적 취해 핏줄이 저림같이

68) 月光 其二

월하고음[69]

달이 기척없이 떠와 하늘에 걸리고
벌레 하나 지껄이지 않는
이 밤 영롱(玲瓏)한 침묵(玲瓏)!

때도 그 걸음을 멈추운 듯
고요한 달빛 아래
꽃가지 잡습니다

천지(天地)가 그윽한 밤 삼경(三更)
무아(無我)한 나는
달 아래 저립(佇立)[70]합니다

---

69) 月下孤吟
70) 우두커니 머물러 섬.

영겁(永劫)의 일우(一隅)[71])에 서서
슬픔과 기쁨을 떠나
나는 불사신(不死神)이 되오리까

---

71) 한쪽 구석, 또는 한 모퉁이.

을유년 팔월십오일[72)

그해 그날은 유달리 무더웠다
전투모(戰鬪帽) 눌러스고 각반(脚絆)[73)을 졸러매고
손에 죽창(竹槍)을든 가면(仮面)의 용사(勇士)들은
모멸(侮蔑)받는 그목숨 죽지못해 죄(罪)였니라

원수의 구령(口令)따라 나어가고 물러서는
이땅의 아들 딸은 안쓰러운 용사(勇士)였다
나무껍질 풀뿌리로 주린배 채워가며
알알이 모은곡식 원수손에 뺏기였고
밥그릇 수깔마자 모조리 떨려버린
이땅의 아들 딸은 불상한 용사(勇士)였다

---

72) 乙酉年 八月十五日
73) 걸음을 걸을 때 발목 부분을 가뜬하게 하기 위해 발못에서부터 무릎 아래에
　　돌려 감거나 싸는 띠.

날낸 창끝 원수의 심장(心臟)을 겨누며 겨누며
"하나, 둘" 훈련(訓練)받는 비분(悲憤)74)의 용사(勇
士)였다

오오 을유년(乙酉年) 팔월십오일(八月十五日)!
총칼앞에 끌려다닌 가면(假面)의 용사(勇士)들이
불볕쓰고 느러섰는 무더운 훈련장(訓鍊場)에
째이고 짓밟히는 삼천리강산(三千里江山) 우에
청천(靑天)에 벽력(霹靂)같은 해방(解放)의 종(鐘)소리
이땅 이겨레의 한(恨)많은 가슴속에

이룩할길 믿기어려 그빛깔 희미하나

---

74) 슬프고 분함.

빌고빌든 소원이 이루어지든 그날
감격(感激)에 넘치여 얼빠진 사람처럼
울지도 웃지도 못했든 그날!

우리의 온마음은 한갈레로 흘렀었고
우리들 온시선(視線)은 한곳으로 쏠렸느니
그날의 우리게는 좌(左)도 우(右)도 없었니라
패적(敗敵)75)의 풀죽은 그꼴새야 보기도 시원했다
부러진 그창검(槍劍) 비웃기도 하였었다
삼천만(三千萬) 가슴에는 꼭같은 한마음
아무런 잡음(雜音)도 들리지 않든그날

---

75) 싸움에 진 적.

오오 형제(兄弟)여 자매(姉妹)여

대체 우리는 언제부터 이리 서로 원수였든가

어느새 잊었는가 오만(傲慢)한 원수들이 모멸(侮蔑)의 눈살을

가슴깊이 저린소원 염불(念佛)처럼 외우면서

끌어오르는 분노(憤怒)에 이를갈든 그날을

한매아래 학대(虐待)받든 이겨레 이자손(子孫)을

어느 이단(異端)의 마수(魔手)[76]로 이처럼 갈러났는가

어제까지 정든친구 오날은 굴에숨어

아닌밤중에 저 총소리 어인일고

외적(外敵)을 모라내고 우리끼리 잘살잿든

---

76) 음험하고 흉악한 손길.

무궁화(無窮花) 벌판우에 붉은피 어인일고

오오 저 음산한 굴속에든 동포(同胞)여 친구여
그대 기두리는 이조국(祖國)의 품안으로 어서들 도라
오라
굳센팔둑 무쇠같은 손에손에 함마를들고
윤선(輪船)[77]을 짓고 트럭을 만들자
비행기(飛行機)도 기차(汽車)도 만들어 남같이 살어
보자
우리손수 지은배로 보배섬 금덩이도 실어오자
남양(南洋)따에 산다는 극락조(極樂鳥)[78]도 공작(孔

---

77) 화륜선(예전에 기선(汽船)을 이르는 말).
78) 참새목 풍조과의 새를 통틀어 이르는 말. 부리와 꽁지가 길며, 수컷은 몸의
   빛깔이 화려하다.

雀)도 실어다 길르자
손에손에 굉이를들고 오곡(五穀)을 뿌려 배불리살자

거룩한피 받은 이팔 이다리로
남달은 찬란한 문화(文化)를 세워
이삼천리강산(三千里江山)을 만방(萬邦)우에 빛내이자
피로얼킨 동포(同胞)여 배달의 아들이여
희망(希望)에 날뛰는 새아츰 새햇발 가슴에안고
우리들 다시한번 도라가쟜구나
을유년(乙酉年) 팔월십오일(八月十五日)로

삼천육년(三千六年) 동안의 그압재도 지긋지긋 하려
거든
우리끼리 이렇게 싸우다가 또다시 뉘좋은밥 될것인가

사랑하는 형제(兄弟)여 자매(姉妹)여
다 같이 한대뭉처 그총 그칼들고
우리의 참된원수 외적(外敵)을 지키쟀구나
오오 을유년(乙酉年) 팔월십오일(八月十五日)!
다시한번 도라가자 감격(感激)의 그날로 그날로

이목숨 끊어

이세상 버리고 사르렸든가
한평생 꿈속에만 잠기렸든가
온세상 어둔죄악 밝혀준다면
예수같이 이목숨 끊어들이지

사랑으로 흐린세상 맑히고 싶ㅎ다
눈물로 더런세상 씻고도 싶ㅎ다
구박을 피하야 세상 바림이
한평생 꿈속에만 사르렴인가

임이여 강물이 몹시도 퍼렇습니다

한숨에도 불려갈 듯 보-야니 떠 있는
은빛 아지랑이 깨어 흐른 머언 산둘레
굽이굽이 놓인 길은 하얗게 빛납니다
임이여 강물이 몹시도 퍼렇습니다

헤여진 성(城)돌에 떨던 햇살도 사라지고
밤빛이 어슴어슴 들 위에 깔리어갑니다
훗훗 달은 이 얼굴 식혀줄 바람도 없는 것을
임이여 가이 없는 나의 마음을 알으십니까

입추⁷⁹⁾

어젯밤
불현듯 서해(西海)에 풍랑(風浪)이 일어
오늘아츰
천지(天地)가 왼통 요란스럽습니다

하늘에 구름은
한층바삐 다름질치고
수목(樹木)들이
슬픈몸짓으로 설레입니다

난듸없는 소란에 황겁한 꾀꼬리
몸을 감추고

---

79) 立秋

숲속 소스라처께운 벌레소리
하늘에 가득찹니다

아아 영혼(靈魂)의 슬픈 유랑(流浪)과
조락(凋落)[80]의 붉은상장(喪章)[81] 몸에 두르고
가을이 산을넘어
찾아 옵니다.

---

80) 초목의 잎 따위가 시들어 떨어짐. 차차 쇠하여 보잘것없이 됨.
81) 거상이나 조상의 뜻을 나타내기 위해 옷깃이나 소매 따위에 다는 표. 보통
　　검은 헝겊이나 삼베 조각으로 만들어 붙인다.

적멸82)

하늘에 쇠북소리 맑고 향기롭게 굴리어가듯
비둘기 하얀 털에 도글도글 미끌리는 저녁 햇빛
마음이 비취일 듯 환한 꽃잎이 언덕에 고이 지고
누리는 지금 빛나는 설움에 젖이어 있다
'누리의 아름다운 모든 것 그 빛난 목숨 짧아야
서러워하는 사람 마음속에 길이 산다고'
때가 나직한 소리로 노래 부르고 지나가며
눈물같이 예쁘게 달린 꽃을 따 가 버린다

---

82) 寂滅〈불교〉사라져 없어짐(곧 죽음을 이르는 말). 세계를 영원히 벗어남.
    또는 그러한 경지.

전시우감[83] 적멸

이를테면 백억만년(百億萬年)을!
너는 머리속이 아득하지 않니?

지구(地球)덩이는 돌다 이즈러지고
태양(太陽)불은 타오르다 사그라지고

산(山)아 바다야 짐승아 오오 사람아
나의 세기(世紀)에서 호흡하는 정든 친구들아

행복(幸福)은 오직 승리(勝利)와 전취(戰取)[84]에 있
노니
늬들은 사랑도 싸움같이 표한(慓悍)하라[85]

---

83) 戰時偶感(전시에 우연히 일어나는 생각)
84) 싸워서 목적한 바를 얻음.

나폴레옹은 그리스도보다도 위대(偉大)하다
　호용(豪勇)한 반역아(叛逆兒) 히틀러는 오오 새로운
영웅(英雄)

　위선(僞善)과 현신(衒信)은 세기(世紀)의 고질(痼疾)
　그 속에서 신금(呻吟)하는 가엾은 수난자(受難者)여

　사악(邪惡)한 계율(戒律)과 좀 먹는 도덕(道德)의 질
곡(桎梏)을 바시우고
　신생(新生)의 빛난 길을 그대 앞에 외치노니

---

85) 성질이 급하고 사납다.

금욕(禁慾)과 인종(忍從)의 해골(骸骨)을 불사르고
정복(征服)과 지배(支配)로의 굳센 걸음 내딛으라

백억만년(百億萬年)을 백만(百萬) 곱절 헤어보라
그래도 너는 아직 미망(迷妄)의 꿈속에 잠기려니?

종달새의 말

하날간대 우지지며 종달새의 하는말은
간밤에 이슬맞고 꿈꾸든 얘기래요
바람에 몸을싫고 비오는길 날러가서
조롱조롱 다린별을 맛나고온 얘기래요

들에앉어 우지지며 종달새의 하는말이
나물캐는 시골색시 위로하는 말이래요
큰일한다 가시든님 이봄가도 소식없어
비비 배배 슬픈마음 위로하는 말이래요

지리산[86]

무서웁고 슬픈 전설(傳說)이 숨은 그대

거인(巨人)의 입상(立像)같이 장엄한 그대

그대 정복(征服)하려 내오늘 장도(壯道)에 오르다

고만(高慢)[87]스런 거름으로 반약봉(盤若峰)[88]을 올
라서

루만(婁萬)[89]의 생령(生靈)을 삼키여버린

그대 심림(深林)의 잔인(殘忍)한 품속을 뒤저보다

두활개 버리여 하눌에 고함치고

제법 호담한 장부인양 기새를 되며

남쪽 다도해(多島海)의 승경(勝景)[90]을 상(賞)하다

---

86) 智異山
87) 뽐내어 건방짐.
88) 반야봉
89) 아주 많은 수.

이제 갑작히 물밀어오듯

밤이 검은깃을펴고 달겨들자

징그러운 옛이야기 도른 도른 살어나

나는 송구(悚懼)해 두귀를 세우다

노고단(老姑壇) 돌집속에 숨어자노니

앞산 어둔숲에 우는자규(子規)⁹¹⁾야

호랑이 등애업힌 어느소부(少婦)⁹²⁾ 원혼(怨魂)이 되여

이밤 삼경(三更)을 슬피우느뇨

---

90) 뛰어난 경치

91) 두견.

92) 결혼한 여자가 자기를 낮추어 이르는 1인칭 대명사(북한).

지리산(智異山)은 진정 무서웠다
지리산(智異山)은 나의게 슬펐다

초하93)

아카시아 숏은 하이얏게
오동나무 숏은 보라ㅅ빗으로
지혜(知慧)갓치 맑은 하날에
사랑갓치 파랏케 흔들닌다.

깃븜이 욱어진 나무숩에
날빗치 보드랍게 숨쉬고
은결갓치 환하게 트인마음이
초(初)여름 빗갈에 나레를 친다.

---

93) 初夏(초여름)

춘심[94]

비개인뒤 장미빛 구름의
게우른 거름 거리—
누리는 지금 춘심(春心)에 가득 잠기여
음분(淫奔)[95]한 눈초리를 지리감는다.

---

94) 春心
95) 남녀가 음란하고 방탕한 짓을 하는 행동.

출현⁹⁶⁾

두견이 울며 두견이 울며
이른봄을 밤새도록 바람이불면
산에는 진달래꽃이 피었다.

세월이 흘러 세월이 흘러
꿈속에 깃드린 파랑새는 나라가고
가삼에는 새서름 또한줄기 자랐다.

---

96) 出現

풀 위에 누워서

해도 지리한 듯
머언 산 끝에 파리한 하품을 물고
모기떼 가느다란 소리 설리 앵앵거리며
풀 뜯던 황소는 게을리 꼬리를 치며
보랏빛 노을 은은히 끼여 고요한 들에
구슬픈 꿈 아슴플하니 떠도는 여름 해으름
찔레꽃 순한 향기 스르시 젖어오는
냇가 보드레한 풀 밭에 누워
뽀오얀 하늘에 길이 피어오르는
나의 애달픈 한숨이여!

오오 나그네 길 곤한 다리 푸른 풀밭에 펼치고
붉게 물들인 저녁 구름 고요히 가는 길 바라보면
가슴에 발닥거리는 이 작은 목숨이

뜬구름같이 의지없음 덧없음!

겨울 날 눈 내려 움추러진 산이야 들이야
해마다 새봄 맞아 다시도 푸르건만
외로운 나의 삶은 이 한날 풀에 누워 한숨 쉬다
이 모든 생각 이 고운 들빛 다 버리고
한번 가면 자취도 남지 않을 덧없는 나그네 꿈

아아 하늘 끝에 사무치는 이 생각
구름쪽같이 헤어질 날이 과연 오려나
멀고 먼 옛날과 아득한 뒷세상의
긴 세월을 타고 흐르는 이 끝없는 마음결마저
자취도 없이 아주 사라지려나 사라지려나
이 고운 들빛을 내 눈에서 참으로 빼앗아가려나

풀 캐는 색시

벗은 발로 호미 들고 오늘도 들에 나와
풀 캐는 시악시의 머리에 쓴 하-얀 수건
바람에 나풀리며 제 혼자 흥거리니
쓰린 세상 눈물이랴 임 그리는 설움이랴
풀 캐며 흥거리다 머언 길 보고 한숨 쉬니
작별한 그대 임이 이 봄 따라 오마든가
길에 선 나그네의 걷는 걸음 더디뵈니
아마도 늬 그리는 임은 이 봄에도 안 오신가

한라산정[97)에서

육천오백(六千五百) 피-트[98)의 상공(上空)
하늘도 무던 가까운듯
일광(日光)은 유달리 휘황하다

만경창파(萬頃蒼波)[99)는 구름으로 삼겠오
백전(柏槇)[100)과 척촉(躑躅)[101)의 와상(臥上)에 누
어
용구비 구을르는 구름속에서
한가로운 낮잠을 이루다

---

97) 漢拏山頂
98) 1피트는 0.3048m로 한라산의 높이는 실제로 약 6400피트에 달한다.
99) 한없이 너르고 너른 바다
100) 측백나무
101) 철쭉나무

잡담(雜談)과 번뇌(煩惱)는 바람에 쌀 보내겠소

이제 광분(狂奔)한 도시(都市)의 추억(追憶)이 그립지
않느니
머얼리 내려다보이는 인간(人間)의 거리는
꿈보다도 아슬하다

환상(幻想)은 천마(天馬)에 채찍을 데도좋소
목이 마르거든 백록담(白鹿潭)으로 내려가지요

할미꽃

이봄도 다 가려노나 그립다 사랑 사랑
혼자피는 할미꽃 그얼골 서릅다
울어도 헛된보람 또울며 찾노라면
외로운 내봄철도 시들퍼 지려노나

홀아비 서름

햇살이 몹시도 따가웁구나
그늘에 들어 클로버-나 찾아
청상 드릴곳도없는 네갈래 클로버-을
찾다 못찾거든 쓴담배나 피우자

평생을 장가도 못갈몸이
귀뜨람이 처럼 외로워라

홀아비시절

홀아비 시름시절 내어이 니칠니야
탓모를 제심술에 엄풀을 쥐ᅳ드며
멀정한 잔듸밧을 왼종일 질여놋코
아지랑이 조름에 개을니든 하품을

째질듯 펴진볏태 종달새 발이듸고
오동닙에 청개고리 비마주 소리할적
느틔나무 그늘에서 네갈내 그로봐를
긴여름이 저믈도록 싯싯내 못차잣내

홀아비 시름시절 내어이 니칠니야
돌담새에 귀쏘람이 별그린 정을읇고
수수밧치 성그리면 차분한맘 바이업서
초여드래 달이저도 밤거리를 해매든닐

서리발선 보리골이 보글보글 허러지고
짜랑짜랑 악가시야 말은 열매 흐득이며
애틋히 쓸쓸히 홀아비 쎈추노래
하로종일 듯고섯든 그시절 니칠니야

황혼102)

황혼은 근심과 두려움을 내게 보냅니다
성 끝에 소삭이던 바람도 고요히 자고
이제는 우물에서 물 긷는 쇠고리줄의
처량한 울림도 그치어버렸읍니다

이럴 때 산골의 저녁 수풀 속에는
보금자리에 깃들어 있는 어는 산새가
오늘 포수의 모진 손길에 잡히어
목숨을 빼앗기고 돌아오지 않은
제 짝을 기다리는 슬픔이 있겠읍니다
집에는 마음 서러우신 늙은 어머니가
못마루에 혼자 앉아 울고 계시겠읍니다

---

102) 黃昏

하늘에는 아직 별이 하나도 보이지 않는데
머언 산 그림자가 빈 들을 건너
검실검실 무거웁게 달려듭니다
어디서인지 길 가는 나그네의
한숨 쉬이는 소리가 들리는 듯해요
아아 우리 아이가 잠 깨여 울지나 않을까요

황혼은 근심과 두려움을 내게로 보냅니다
어수룩한 발 모습이 소리도 없이 걸어와
나는 의지 없는 마음으로 그 뒤를 따라갔읍니다
알지도 못하고 사람 그림자도 보이지 않은
어둑한 어느 산 밑 비인 마을을 지나서
모래 위에 물결 고요히 철석거리는

알 수 없는 저문 바닷가로 따라갔읍니다

집에서 나를 부르는 소리도 들리지 않고
다만 희부연 별이 하나
머리 위에 외로이 비추이고 있읍니다
나는 의지 없는 마음에 그 별이 그리워
한갓 우러르고 섰든 동안에
내가 이내 따라오든 그 황혼을
밤의 검은 그늘 속에 잃어버렸읍니다

나는 갑자기 쓸쓸하고 두려웁고 몸이 떨리어
바쁜 걸음으로 집으로 돌아왔읍니다
아아 황혼은 내게 근심과 두려움을 보내고
어디로 자취도 없이 가버렸을까요

M부인[103]의게

그대는 가시엿다, 가시엿다, 서런맘으로
쓴바귀꼿 노랏게 피인봄날에
그대는 가시엿다, 가시엿다, 서런맘으로
가여워도 못안을님— 남기여두고

보람업는 사랑인들 어이앗가 노으랴만
아여 못견딀일 앞흔마은 니즈려
가여워도 못안을 어린님 남겨두고
써나신길이야 참아아니 걸닐것을

쌈안눈에 물어리여 발길도 고요히
혼자서 아득히 머—ㄴ하날 바릐보든

---

103) 夫人

가엽쓴 그봄은 이어덕에 쏘차저와
머언산(山)서 들녀오는 쑥궁새 우름

산(山)서럼을 아뢰이는 쑥궁새 우름이
드을내ㅅ가 쌍찔내 눈물이되여
님두고 가는가슴 쎄여질드시
그대는 서런길을 써나시엿다

M부인104)의 추억105)

―이 노래를 영랑106)의게 드림

숨긴눈물 호려낼듯
잠든서름 불러낼듯
실바람 호리 호리
뒷산에 뻐꾹우름

님의바림 못내 서뤄
거름 거름 매친한숨
복사꽃 피든봄날
눈물쏫고 가시드니

구곡간강 녹는서름

아조잊고 가셨는가
혀를끈어 참는마음
모질기도 하오신가

그대생각 슬픈언덕
복사꽃은 붉었건만
눈물어린 그얼골이
미칠듯 그립건만

김현구

(金玄鳩, 1903.11.30~1950.10.03)

시인 김현구는 서정성을 바탕으로 하여 자연과 인생에서 느낀 감정을 부드러운 가락에 실은 시를 남겼다.

호는 현구(玄鳩)이다. 전라남도 강진군 서성리 179번지에서 몰락 관료 집안의 셋째 아들로 태어났다. 배재고등보통학교(培材高等普通學校)를 중퇴한 후, 김영랑(金永郎)과 더불어 강진에서 본격적인 작품활동을 하면서 '청구'라는 문학 모임을 결성하고 동인지를 발간하였다. 1930년 10월에 발간된 『시문학(詩文學)』 2호에 「임이여 강물이 몹시도 퍼렇습니다」, 「물에 뜬 갈매기」, 「거룩한 봄과 슬픈 봄」, 「적멸(寂滅)」 등 4편을 동시에 발표하면서 문단에 등장하였다. 그 뒤 「풀우에 누워」(『문예월간』 1931.11), 「내마음 사는 곳」(『문학』, 1933. 12), 「길」(『문학』 3호), 「산비달기 같은」 등 『문예월간』과 『문학』지를 통해 1934년 4월까지 8편의 시를 발표하였다.

서정성(抒情性)을 바탕으로 하여 자연과 인생에서 느낀 감정을 부드러운 가락에 담고 있어 시문학파 시인으로 일컬어지고 있다.

비애와 무상의 시학

1935년 시문학사에서 영랑시집에 이어 김현구의 시집을 출간하려 했으나 박용철의 와병(1938년 사망)으로 무산되었으며, 그 후 1941년 시집 제목을 『무상(無常)』으로 정하고 광명출판인쇄공사에서 재출간을 시도했으나, 비매품 출간을 주장하며 출판사 측과 마찰로 역시 무산되었다. 1949년 공보처 출판국장으로 있던 김영랑에게 시집 발간을 의뢰하였으나 전쟁(1950년)으로 또 다시 좌절되었으며, 김현구의 생도 전쟁으로 마감하게 된다.

1970년 아들 등에 의해 유고(遺稿)들을 모은 『현구시집(玄鳩詩集)』(유고 70편, 발표작 12편 등 총 82편 수록)이 문예사(文藝社)에서 비매품으로 간행되었다. 또한 1981년 『한국문학대계』 권7에 그의 시 25편이 수록되었다.

큰글한국문학선집: 김현구 시선집

무상(無常)

© 글로벌콘텐츠, 2018

1판 1쇄 인쇄_2018년 04월 20일
1판 1쇄 발행_2018년 04월 30일

지은이_김현구
엮은이_글로벌콘텐츠 편집부
펴낸이_홍정표

펴낸곳_글로벌콘텐츠
    등 록_제25100-2008-24호
    이메일_edit@gcbook.co.kr

공급처_(주)글로벌콘텐츠출판그룹
    이사_양정섭   기획·마케팅_노경민   편집디자인_김미미
    주소_서울특별시 강동구 풍성로 87-6(성내동) 글로벌콘텐츠
    전화_02-488-3280   팩스_02-488-3281
    홈페이지_www.gcbook.co.kr

값 12,000원
ISBN 979-11-5852-179-0 03810